AF358845

LE CHAT BOTTÉ

ET LA

BARBE-BLEUE

In-12 6ᵉ Série

PROPRIÉTÉ DE L'ÉDITEUR

LE CHAT BOTTÉ

ET LA

BARBE-BLEUE

CONTES

PAR

CH. PERRAULT

LIMOGES

MARC BARBOU ET Cⁱᵉ, IMPRIMEURS-LIBRAIRES

RUE PUY-VIEILLE-MONNAIE

1883

LE CHAT BOTTÉ

Un meunier ne laissa pour tous biens, à ses trois enfants, que son moulin, son âne et son chat.

Les partages furent bientôt faits : ni le notaire, ni le procureur n'y furent appelés, ils auraient eu bientôt mangé tout le pauvre patrimoine.

L'aîné eut le moulin; le second eut l'âne; et le plus jeune n'eut que le chat.

Ce dernier ne pouvait se consoler d'avoir un si pauvre lot.

— Mes frères, disait-il, pourront gagnez leur vie honnêtement en se mettant ensemble : pour moi, lorsque j'aurai mangé mon chat, et que je me serai fait un manchon de sa peau, il faudra que je meure de faim.

Le chat qui entendit ce discours, mais qui n'en fit pas semblant, lui dit d'un air posé et sérieux :

— Ne vous affligez point, mon maître ; vous n'avez qu'à me donner un sac et me faire faire une paire de bottes pour aller dans les broussailles, et vous verrez que vous n'êtes pas si mal partagé que vous croyez.

Quoique le maître du Chat ne fit pas grand fonds là-dessus, il lui avait vu faire tant de tours de souplesse pour prendre des rats et des souris, comme quand il se pendait par les pieds ou qu'il se cachait dans la farine pour faire le mort, qu'il ne désespéra pas d'en être secouru dans sa misère.

Lorsque le chat eut ce qu'il avait demandé, il se botta bravement ; et, mettant son sac à son cou il en prit les cordons avec ses deux pattes de devant, et s'en alla dans une garenne où il y avait un grand nombre de lapins.

Il mit du son et des laiterons dans son sac ; et, s'étendant comme s'il eût été mort, il attendit que quelque jeune lapin, peu instruit encore des ruses de ce monde, vint se fourrer dans son sac pour manger ce qu'il y avait mis.

A peine fut-il couché, qu'il eut

un contentement : un jeune étour-
di de lapin entra dans son sac ; et
le maître Chat, tirant aussitôt ses
cordons, le prit et le tua sans mi-
séricorde.

Tout glorieux de sa proie, il
s'en alla chez le roi et demanda à
lui parler. On le fit monter à l'appartement de Sa Majesté, où, étant
rentré, il fit une grande révérence
au roi, et lui dit :

— Voilà, sire, un lapin de garenne que M. le marquis de Carabas (c'était le nom qu'il eut la
fantaisie de donner à son maître)
m'a chargé de vous présenter de
sa part.

— Dis à ton maître, répondit
le roi, que je le remercie et qu'il
me fait plaisir.

Une autre fois, il alla se cacher dans un blé, tenant toujours son sac ouvert ; et lorsque deux perdrix y furent entrées, il tira les cordons et les prit toutes les deux.

Il alla ensuite les présenter au roi, comme il avait fait pour le lapin de garenne. Le roi reçut encore avec plaisir les deux perdrix, et lui fit donner pour boire.

Le Chat continua ainsi, pendant deux ou trois mois, à porter de temps en temps au roi du gibier de la chasse de son maître.

Un jour qu'il sut que le roi devait aller à la promenade sur le bord de la rivière avec sa fille, la plus belle princesse du monde, il dit à son maître :

— Si vous voulez suivre mon

conseil, votre fortune est faite ; vous n'avez qu'à vous baigner dans la rivière, à l'endroit que je vous montrerai, et ensuite me laisser faire.

Le marquis de Carabas fit ce que son Chat lui conseillait, sans savoir à quoi cela serait bon.

Dans le temps qu'il se baignait, le roi vint à passer ; et le Chat se mit à crier de toute sa force :

— Au secours ! au secours ! Voilà M. le marquis de Carabas qui se noie !

A ce cri, le roi mit la tête à la portière ; et, reconnaissant le Chat qui lui avait apporté tant de fois du gibier, il ordonna à ses gardes qu'on allât vite au secours de M. le marquis de Carabas.

Pendant qu'on retirait le pauvre marquis de la rivière, le Chat, s'approchant du carrosse, dit au roi que, dans le temps que son maître se baignait, il était venu des voleurs qui avaient emporté ses habits, quoiqu'il eût crié au voleur de toute sa force ; le drôle les avait cachés sous une grosse pierre.

Le roi ordonna aussitôt aux officiers de sa garde-robe d'aller chercher un de ses plus beaux habits pour M. le marquis de Carabas.

Le roi lui fit mille caresses ; et comme les beaux habits qu'on venait de lui donner relevaient sa bonne mine (car il était beau et bien fait de sa personne), la fille du roi le trouva fort à son gré.

Le roi voulut qu'il montât dans son carrosse et qu'il fût de la promenade.

Le Chat, ravi de voir que son dessein commençait à réussir, prit les devants ; et ayant rencontré des paysans qui fauchaient un pré, il leur dit :

— Bonnes gens qui fauchez, si vous ne dites pas au roi que le pré que vous fauchez appartient à M. le marquis de Carabas, vous serez tous hachés comme chair à pâté.

Le roi ne manqua pas à demander aux faucheurs à qui était ce pré qu'ils fauchaient.

— C'est à M. le marquis de Carabas, dirent-ils tous ensemble ;

car la menace du Chat leur avait fait peur.

— Vous avez là un bel héritage, dit le roi au marquis de Carabas.

— Vous voyez, sire, répondit le marquis, c'est un pré qui ne manque point de rapporter abondamment toutes les années.

Le maître Chat, qui allait toujours devant, rencontra des moissonneurs, et leur dit :

— Bonnes gens qui moissonnez, si vous ne dites pas que ces blés appartiennent à M. le marquis de Carabas, vous serez tous hachés menus comme chair à pâté.

Le roi, qui passa un moment après, voulut savoir à qui appartenaient tous les blés qu'il voyait.

— C'est à M. le marquis de Ca—

rabas, répondirent les moissonneurs.

Et le roi s'en réjouit avec le marquis.

Le Chat, qui allait devant le carrosse, disait toujours la même chose à tous ceux qu'il rencontrait ; et le roi était étonné des grands biens de M. le marquis de Carabas.

Le maître Chat arriva enfin dans un beau château, dont le maître était un Ogre, le plus riche qu'on n'ait jamais vu : car toutes les terres par où le roi avait passé étaient de la dépendance de ce château.

Le Chat eu soin de s'informer qui était cet Ogre, et ce qu'il savait faire, et demanda à lui parler,

disant qu'il n'avait pas voulu passer si près du chateau sans avoir
l'honneur de lui faire la révérence.

L'Ogre le reçut aussi civile-
ment que le peut un ogre, et le
fit reposer.

— On m'a assuré, dit le Chat,
que vous aviez le don de vous
changer en toutes sortes d'animaux; que vous pouviez, par
exemple, vous transformer en
lion, en éléphant.

— Cela est vrai, répondit l'Ogre
brusquement, et, pour vous le
montrer, vous m'allez voir deve-
nir lion.

Le Chat fut si effrayé de voir
un lion devant lui, qu'il gagna
aussitôt les gouttières, non sans

peine et sans péril, à cause de ses bottes, qui ne valaient rien pour marcher sur les tuiles.

Quelque temps après, le Chat, ayant vu que l'Ogre avait quitté sa première forme, descendit et avoua qu'il avait eu bien peur.

— On m'a assuré encore, dit le Chat, mais je ne saurais le croire, que vous aviez aussi le pouvoir de prendre la forme des plus petits animaux; par exemple, de vous changer en un rat, en une souris : je vous avoue que je tiens cela tout à fait impossible.

— Impossible ! reprit l'Ogre; vous allez le voir.

Et en même temps, il se changea en une souris, qui se mit à courir sur le plancher.

Le Chat ne l'eut pas plus tôt aperçue, qu'il se jeta dessus et la mangea.

Cependant le roi, qui vit en passant le beau château de l'Ogre, voulut entrer dedans.

Le Chat, qui entendit le bruit du carrosse qui passait sur le pont-levis du château, courut au-devant, et dit au roi :

— Votre Majesté soit la bienvenue dans le château de M. le marquis de Carabas !

— Comment ! monsieur le marquis, s'écria le roi, ce château est encore à vous ? Il ne se peut rien de plus beau que cette cour, et que tous ces bâtiments qui l'environnent ; voyons le dedans s'il vous plaît !

Le marquis donna la main à la jeune princesse ; et, suivant le roi qui montait le premier, ils entrèrent dans une grande salle, où ils trouvèrent une magnifique collation que l'ogre avait fait préparer pour ses amis, qui devaient le venir voir ce même jour–là, mais qui n'avaient pas osé entrer, sachant que le roi y était.

Le roi, charmé des bonnes qualités de M. le marquis de Carabas, de même que sa fille, et voyant les grands biens, qu'il possédait, lui dit, après avoir bu cinq ou six coups :

— Il ne tiendra qu'à vous, Monsieur le marquis, que vous soyez mon gendre.

Le marquis, faisant de grandes

révérences, accepta l'honneur que
lui faisait le roi ; et, dès le jour même, il épousa la princesse.

Le Chat devint grand seigneur,
et ne courut plus après les souris
que pour se divertir.

MORALITÉ

Quelque grand que soit l'avantage
De jouir d'un riche héritage
Venant à nous de père en fils,
Aux jeune gens, pour l'ordinaire,
L'industrie et le savoir-faire
Valent mieux que des biens acquis.

LA BARBE-BLEUE

Il était une fois un homme qui avait de belles maisons à la ville et à la campagne, de la vaisselle d'or et d'argent, des meubles en broderie et des carrosses tout dorés.

Mais, par malheur, cet homme avait la barbe bleue; cela le rendait si laid et si terrible, qu'il n'était ni femme ni fille qui ne s'enfuît devant lui.

Une de ses voisines, dame de qualité, avait deux filles parfaitement belles. Il lui en demanda une en mariage, en lui laissant le choix de celle qu'elle lui voudrait donner.

Elles n'en voulaient ni l'une ni l'autre, et se le renvoyaient, ne pouvant se résoudre à prendre un homme qui eût la barbe bleue.

Ce qui les dégoûtait encore, c'est qu'il avait déjà épousé plusieurs femmes, et qu'on ne savait ce que ces femmes étaient devenues.

La Barbe-Bleue, pour faire connaissance, les mena avec leur mère, et trois ou quatre de leurs meilleures amies, et quelques jeunes gens du voisinage, à une de ses maisons de campagne, où l'on demeura huit jours entiers.

Ce n'était que promenades, que parties de chasse et de pêche, que danses et festins, que collations.

La nuit et le jour se passaient en fêtes ; enfin, tout alla si bien, que la cadette commença à trouver que le maître du logis n'avait plus la barbe si bleue.

Dès qu'on fut de retour à la ville, le mariage se conclut.

Au bout d'un mois, la Barbe-Bleue dit à sa femme qu'il était obligé de faire un voyage en province, de six semaines au moins, pour une affaire importante ; qu'il la priait de se bien divertir pendant son absence.

— Voilà, dit-il, les clefs des deux grands gardes-meubles ; voilà celle de la vaisselle d'or et d'argent, qui ne sert pas tous les jours ; voilà celle de mes coffres-forts, où

est mon or et mon argent ; celle
de mes cassettes où sont mes pier-
reries ; et voilà le passe-partout
de tous les appartements.

Pour cette clef-ci, c'est celle du
cabinet au bout de la grande gale-
rie de l'appartement bas : ouvrez
tout, allez partout ; mais pour ce
petit cabinet, je vous défends d'y
entrer, et je vous le défends de
telle sorte, que, s'il vous arrive
de l'ouvrir, il n'y a rien que vous
deviez attendre de ma colère.

Elle promit d'observer exacte-
ment tout ce qui lui venait d'être
ordonné ; et lui, après l'avoir em-
brassée, monte dans son carrosse
et part pour son voyage.

Les voisines et les bonnes amies
n'attendirent pas qu'on les envoya

quérir pour aller chez la jeune mariée, tant elles avaient d'impatience de voir toutes les richesses de sa maison, n'ayant osé y venir pendant que le mari y était, à cause de sa barbe bleue qui leur faisait peur.

Les voilà aussitôt à parcourir les chambres, les cabinets, les garde-robes, toutes plus belles les unes que les autres. Elles montèrent ensuite aux garde-meubles, où elles ne pouvaient assez admirer le nombre et la beauté des tapisseries, des lits, des sofas, des cabinets, des guéridons, des tables et des miroirs où l'on se voyait depuis les pieds jusqu'à la tête ; elles ne cessaient d'exagérer et d'envier le bonheur de leur amie, qui, cependant, ne se divertissait point à voir toutes ces richesses, à cause de l'impatience qu'elle avait d'aller ouvrir le cabinet de l'appartement bas.

Elle fut si pressée de sa curiosité que, sans considérer qu'il était malhonnête de quitter sa compagnie, elle descendit par un escalier dérobé, et avec tant de précipitation qu'elle pensa se rompre le coup deux ou trois fois.

Etant arrivée à la porte du cabinet, elle s'y arrêta quelque temps, songeant à la défense que son mari lui avait faite, mais la tentation était si forte, qu'elle ne put la surmonter : elle prit donc la petite clef, et ouvrit en tremblant la porte du cabinet.

D'abord elle ne vit rien, parce que les fenêtres étaient fermées ; après quelques moments, elle commença à voir que le plancher était tout couvert de sang caillé, dans lequel se miraient les corps de plusieurs femmes mortes et attachées le long des murs.

C'étaient toutes les femmes que la Barbe--Bleue avait épousées, et et qu'il avait égorgées l'une après l'autre.

Elle pensa mourir de peur, et la clef du cabinet, qu'elle venait de retirer de la serrure, lui tomba des mains.

Après avoir un peu repris ses sens, elle ramassa la clef, referma la porte, et monta à sa chambre pour se remettre un peu ; mais elle n'en pouvait venir à bout, tant elle était émue.

Ayant remarqué que la clef du cabinet était tachée de sang, elle l'essuya deux ou trois fois; mais le sang ne s'en allait point; elle eut beau la laver, et même la frotter avec du sable et du grès, il y demeura toujours du sang; car la clef était fée, et il n'y avait pas moyen de la nettoyer tout à fait : quand on ôtait le sang d'un côté, il revenait de l'autre.

La Barbe-Bleue revint de son voyage dès le soir même, et dit qu'il avait reçu des lettres dans le chemin, qui lui avaient appris que l'affaire pour laquelle il était parti venait d'être terminée à son avantage.

Sa femme fit tout ce qu'elle put pour lui témoigner qu'elle était ravie de son prompt retour.

Le lendemain, il lui redemanda les clefs, et elle les lui donna ; mais d'une main si tremblante, qu'il devina sans peine tout ce qui s'était passé.

— D'où vient, lui dit-il, que la clef du cabinet n'est point avec les autres ?

— Il faut, dit-elle, que je l'aie laissée là-haut sur ma table.

— Ne manquez pas, dit la Barbe-Bleue, de me la donner tantôt.

Après plusieurs remises, il fallut apporter la clef. La Barbe-Bleue, l'ayant considérée, dit à sa femme.

— Pourquoi y-a-t-il du sang sur cette clef ?

— Je n'en sais rien, répondit la pauvre femme, plus pâle que la mort.

— Vous n'en savez rien ? reprit la Barbe-Bleue ; je le sais bien, moi :

Vous avez voulu entrer dans le cabinet ? Eh bien, madame, vous y entrerez aussi, et vous irez prendre place auprès des dames que vous y avez vues.

Elle se jeta aux pieds de son mari, en pleurant et en lui demandant pardon avec toutes les marques d'un vrai repentir, de n'avoir pas été obéissante.

Elle aurait attendri un rocher, belle et affligée comme elle était ; mais la Barbe-Bleue avait le cœur plus dur qu'un rocher.

— Il faut mourir, madame, lui dit-il, et tout à l'heure.

— Puisqu'il faut mourir, répondit-elle en le regardant les yeux baignés de larmes, donnez-moi un peu de temps pour prier Dieu.

— Je vous donne un demi-quart d'heure, reprit la Barbe-Bleue, mais pas un moment de plus.

Lorsqu'elle fut seule, elle appela sa sœur, et lui dit :

— Ma sœur Anne (car elle s'appelait ainsi), monte, je te prie, sur le haut de la tour, pour voir si mes frères ne viennent point : ils m'ont promis qu'ils viendraient me voir aujourd'hui ; et, si tu les vois, fais-leur signe de se hâter.

La sœur Anne monta sur le haut de la tour ; et la pauvre affligée lui criait de temps en temps :

— Anne, ma sœur Anne, ne vois-tu rien venir ?

Et la sœur Anne lui répondait :

— Je ne vois rien que le soleil qui poudroie et l'herbe qui verdoie.

Cependant la Barbe-Bleue, tenant un grand coutelas à la main, criait de toute sa force :

— Descends vite, ou je monterai là haut.

— Encore un moment, s'il vous plaît, lui répondit sa femme.

Et aussitôt elle criait tout bas :

— Anne, ma sœur Anne, ne vois-tu rien venir ?

Et la sœur Anne répondait :

— Je ne vois rien que le soleil

qui poudroie et l'herbe qui verdoie.

— Descends donc vite, criait la
Barbe-Bleue, ou je monterai là-
haut.

— Je m'en vais, répondait sa
femme.

Et puis elle criait :

— Anne, ma sœur Anne, ne
vois-tu rien venir ?

— Je vois, répondit la sœur
Anne, une grande poussière qui
vient de ce côté-ci.

— Sont-ce mes frères ?

— Hélas ! non, ma sœur; je vois
un troupeau de moutons.

— Ne veux-tu pas descendre ?
criait la Barbe-Bleue.

— Encore un petit moment,
répondit sa femme.

Et puis elle criait :

Anne, ma sœur Anne, ne vois-
tu rien venir ?

— Je vois, répondit-elle, deux
cavalier qui viennent de ce côté ;
mais, ils sont bien loin encore.

— Dieu soit loué ! s'écria-t-elle
un moment après, ce sont mes
frères.

— Je leur fais signe tant que je
puis de se hâter.

La Barbe-Bleue se mit à crier
si fort, que toute la maison en
trembla.

La pauvre femme descendit, et
alla se jeter à ses pieds, tout éplo-
rée et tout échevelée.

—Cela ne sert de rien, dit la
Barbe-Bleue, il faut mourir. Puis,
la prenant d'une main par les

cheveux, et de l'autre levant le coutelas en l'air, il allait lui abattre la tête.

La pauvre femme, se tournant vers lui, et le regardant avec des yeux mourants, lui demanda un petit moment pour se recueillir.

— Non ! non ! dit-il recommande toi bien à Dieu. Et levant son bras. .   .   .   .

.   .   .   .

Dans ce moment, on heurta si fort à la porte, que la Barbe-Bleue s'arrêta tout court :

On ouvrit, et aussitôt on vit entrer deux cavaliers qui, mettant l'épée à la main, coururent droit à la Barbe-Bleue.

Il reconnut que c'étaient les frères de sa femme, l'un dragon, et l'autre mousquetaire ; de sorte qu'il s'enfuit aussitôt pour se sauver.

Mais les deux frères le poursuivirent de si près qu'ils l'atteignirent avant qu'il pût gagner le perron.

Ils lui passèrent leur épée au travers le corps, et le laissèrent mort.

La pauvre femme était presque aussi morte que son mari, et n'avait pas la force de se lever pour embrasser ses frères.

Il se trouva que la Barbe-Bleue n'avait point d'héritiers, et qu'ainsi sa femme demeura maîtresse de tous ses biens.

Elle en employa un partie à marier sa jeune sœur Anne avec

un jeune gentilhomme, dont elle était aimée depuis longtemps ; une autre partie à acheter des charges de capitaine à ses deux frères ; et le reste à se marier elle-même à un fort honnête homme, qui lui fit oublier le mauvais temps qu'elle avait passé avec la Barbe-Bleue.

MORALITÉ

La curiosité, malgré tous ses attraits,
  Coûte souvent bien des regrets ;
On en voit tous les jours mille exemples paraître ;
C'est, n'en déplaise au sexe, un plaisir bien léger ;
  Dès qu'on le prend, il cesse d'être ;
  Et toujours il coûte trop cher.

FIN

Limoges. — Imp. Marc Barbou & Cie